AF438979

Howard Phillips Lovecraft

FUNGOSITÀ
—— DA ——
YUGGOTH

FUNGI FROM YUGGOTH

con testo originale a fronte

a cura di

Dario Rivarossa

Collana

Gli altri Classici

- 1 -

Traduzione in italiano a cura di
Dario Rivarossa

© 2023 Il Terebinto Edizioni
via Luigi Amabile 42
83100 Avellino
tel. 340/6862179
e-mail: info@ilterebintoedizioni.it
www.ilterebintoedizioni.it

INTRODUZIONE

Colui che sussurrava sonetti nelle tenebre

Nella riscoperta quasi compulsiva, sempre più estesa, a volte anche arbitraria e disinformata, di cui Howard Phillips Lovecraft (1890-1937) gode da ormai qualche decennio, sono rimaste un po' in sordina le sue poesie. Si tratta di 36 sonetti, scritti con tutti i crismi ossia in 14 versi con la metrica e le rime, a volte baciate e a volte alternate. Il titolo della raccolta è totalmente lovecraftiano: *Fungi from Yuggoth*, dove abbiamo preferito tradurre il primo termine con *Fungosità* perché in inglese *fungi* (pronunciato "fàngai") non sono soltanto i comuni funghi (*mushrooms*), ma si tratta di un termine scientifico, latineggiante arcaico e/o più generico, includendo ad esempio anche le muffe. Senza poi contare le evocazioni fantascientifiche implicite in un autore come il nostro.

Questa versione offre i testi originali inglesi accanto a una traduzione in versi liberi, senza rime, ma cercando comunque di conservare una certa musicalità ritmica e di "salvare" il più possibile i contenuti. Su quest'ultimo punto una difficoltà è data dal fatto che, in media, le parole inglesi sono più brevi di quelle italiane, quindi dentro un singolo verso inglese può stare un sacco di roba, ma in italiano una resa letterale avrebbe un andamento faticoso. Ogni sonetto è anche seguito un breve commento che sottolinea aspetti particolari del testo, lo mette in relazione con i racconti e i romanzi di Lovecraft e con altre fonti, ecc.

In *Fungi from Yuggoth*[1] c'è l'anima di Lovecraft. La raccolta, pubblicata in forma completa solo postuma, fu compilata in gran parte nei mesi a cavallo tra 1929 e 1930. A quell'epoca lo scrittore aveva già dato il via ai «miti di Cthulhu» (espressione non però usata da lui), scrivendone un certo numero; altri racconti e romanzi li avrebbe invece prodotti in seguito. Cosicché i sonetti da una parte raccolgono materiali di lì, ma dall'altra "fungono" quasi da provini per future storie ancora inesistenti.

Di fatto, escludendo quelle precedenti al 1926, entro il 1930 Lovecraft aveva già scritto le seguenti opere direttamente legate al suo ciclo più celebre: *The Call of Cthulhu* («Il richiamo di Cthulhu», scritto nel 1926, pubblicato nel 1928), *The Colour Out of Space* («Il colore dallo spazio», 1927), *The Dunwich Horror* («L'orrore di Dunwich», 1928; 1929); *The Whisperer in Darkness* («Colui che sussurrava nelle tenebre», 1930; 1931).

Tuttavia anche altri testi di quel periodo hanno un legame più o meno profondo con i miti di Cthulhu, e ancor più con *Fungi*. Il discorso vale in particolare per *The Dream-Quest of Unknown Kadath* («La ricerca onirica dello sconosciuto Kadath»), scritto nel 1927 e pubblicato postumo, un curioso cocktail di orrore, fantasy, fantascienza, atmosfere oniriche, umorismo e autocitazioni. Lovecraft lo amava moltissimo, e non sarà un caso se i sonetti rievocano in gran parte proprio quel romanzo breve.

Ghiotta combinazione, nello stesso biennio 1929-1930 l'artista surrealista Max Ernst pubblicava i due romanzi per

---

[1] Per tutte le opere citate, anche quelle di altri autori inglesi menzionati nei commenti, si è preferito mantenere i titoli originali. Nel caso di Lovecraft, la scelta è anche pratica a causa di diverse traduzioni esistenti in italiano.

immagini (collage) *La Femme 100 têtes* e *Rêve d'une petit fille qui voulut entret au Carmel*. Compaiono alcune illustrazioni che viene spontaneo definire "lovecraftiane ante litteram", anche se contemporanee allo scrittore! Che però all'epoca non faceva certo tendenza, tantomeno al di fuori degli Usa.

Come in un collage, nei 36 sonetti «da Yuggoth» si alternano e si intrecciano costantemente tre livelli: i romantici paesaggi del New England, paesaggi orientali da *Mille e una notte*, e paesaggi cosmici tra l'affascinante e l'inquietante. Le atmosfere sono crepuscolari, incerte, dato che i tre tipi di paesaggio tendono a sovrapporsi e fondersi, e sfumano l'uno nell'altro anche i diversi sentimenti: ammirazione, desiderio, nostalgia, ironia, inquietudine, terrore…

Nel complesso le poesie di Lovecraft sono molto diverse da quelle di Edgar Allan Poe, che il visionario di Providence ovviamente conosceva, apprezzava, e citava anche. Semplificando, si può dire che quelle di Poe sono poesie massimaliste. Costruite con una precisione quasi maniacale (il bostoniano ci ha lasciato una descrizione del processo con cui compose *Il corvo*), complesse, spesso bisognose di più letture per mettere a fuoco la situazione, con scene spesso ancora più straordinarie di quelle dei racconti, e soluzioni metriche di ogni tipo. A volte apparentemente deliranti, invece portate avanti con una controllo implacabile su testo e melodia.

Viceversa, *Fungi from Yuggoth* è un testo minimalista. L'autore rispetta la formula classica del sonetto, che esige un linguaggio per accenni e lievi pennellate, non effetti speciali roboanti. Tant'è vero che anche il massimo poeta inglese, William Shakespeare, nei suoi sonetti evitò di inserire drammoni epici ed esagitati come faceva sul palcoscenico. Lovecraft però si spinge ancora più in là con la delicatezza, spesso i suoi componimenti sembrano *haiku* (di lunghezza irregolare) oppure dipinti giapponesi su carta.

Abbandonando le tonalità barocche della letteratura di genere, su queste paginette il solitario di Providence si confessa nel modo più sincero, oppure mente in modo più raffinato. Sicuramente c'è qualcosa che lascia nell'ombra, e non si tratta delle creature delle tenebre, bensì dell'amore. Se infatti *tutti* i sonetti di Shakespeare (e di molti autori) sono a tema amoroso, *nessuno* di quelli di Lovecraft lo è. A meno di applicare interpretazioni freudiane, ad esempio alle immagini di vallate boscose e torri che si ergono in verticale.

Tra aperta confessione e non-detto, quindi. Con l'eccezione dei Night-Gaunts[2], non compaiono descrizioni particolareggiate di entità cosmiche piene di tentacoli, occhi, zampe, chele, scaglie, ali membranose, corpi gelatinosi, appendici vegetali e quant'altro. Qui, invece, perfino i chiamiamoli "mostri" sono allusi o poco più, deve bastare un dettaglio. Di quello che con ogni evidenza dovrebbe essere nientemeno che Cthulhu, in *Fungi* si sente solo il rumore dei passi.

Ma altrettanto o forse ancora più interessante è un altro strano mondo raccontato in queste poesie: il nostro. Spesso, in poche manciate di versi magari solo sussurrati ma intensissimi, Lovecraft mette a nudo i propri sentimenti e la sua percezione della società che lo circonda. In entrambi i casi le contraddizioni appaiono a volte stridenti, da una pagina all'altra.

Guardandosi attorno, il poeta esprime poco quel razzismo che spesso gli viene imputato, ma molto di più il senso di disgusto ed estraneità nei confronti di una società – quella dei

---

2 Guardacaso, gente che sta dalle parti di Kadath.

bianchi – isterica e superficiale. Eppure, e lui lo sa, su questa Terra ci sono anche villaggi abitati da gente laboriosa, ci sono rudi marinai capaci di cantare o fischiettare allegramente all'unisono, ci sono gli amici. E ci sono persone disadattate, emarginate, disprezzate, magari prese come capri espiatori; nei loro confronti Lovecraft lascia perdere il solito cinismo.

Guardandosi dentro, il poeta vede un cuore che vorrebbe amare ed essere amato – da bambino lo avevano soprannominato per il suo carattere «il piccolo Sole» –, e invece si sente sempre più solo, in preda allo sconforto. Che poi sono le stesse cose che, un secolo prima, trovava nel proprio cuore Giacomo Leopardi nei suoi ultimi anni, quelli trascorsi a Napoli. Eccoli, i due grandi materialisti che lottavano con il cosmo e gli chiedevano «perché?». Il servizio reso dal Vesuvio a Pompei, nella *Ginestra*, è lo stesso che Cthulhu e i suoi soci intendono rendere all'intero pianeta.

Lovecraft si rende perfettamente conto dei propri alti e bassi umorali, e monta il gruppo dei 36 sonetti con un senso dell'equilibrio ammirabile. I vari temi e atmosfere si alternano come in una danza, senza forzature. Ma c'è anche un intelligente crescendo: si comincia con una cornice narrativa horror un po' dozzinale e si finisce con una visione cosmica articolata e raffinata. Un bell'esempio di poesia scientifica di quella tentata da pochi, tra Lucrezio nel *De rerum natura*, John Milton nel *Paradise Lost*, Dante nel *Paradiso*.

Lovecraft viveva nel terrore di morire in preda alla demenza come il padre[3]. Invece morì di cancro e di stenti. Chissà se Nyarlathotep, al suo capezzale, ha mantenuto l'ultima promessa?

---

[3] All'epoca, negli Stati Uniti, si riteneva che i disturbi psichici fossero ereditari.

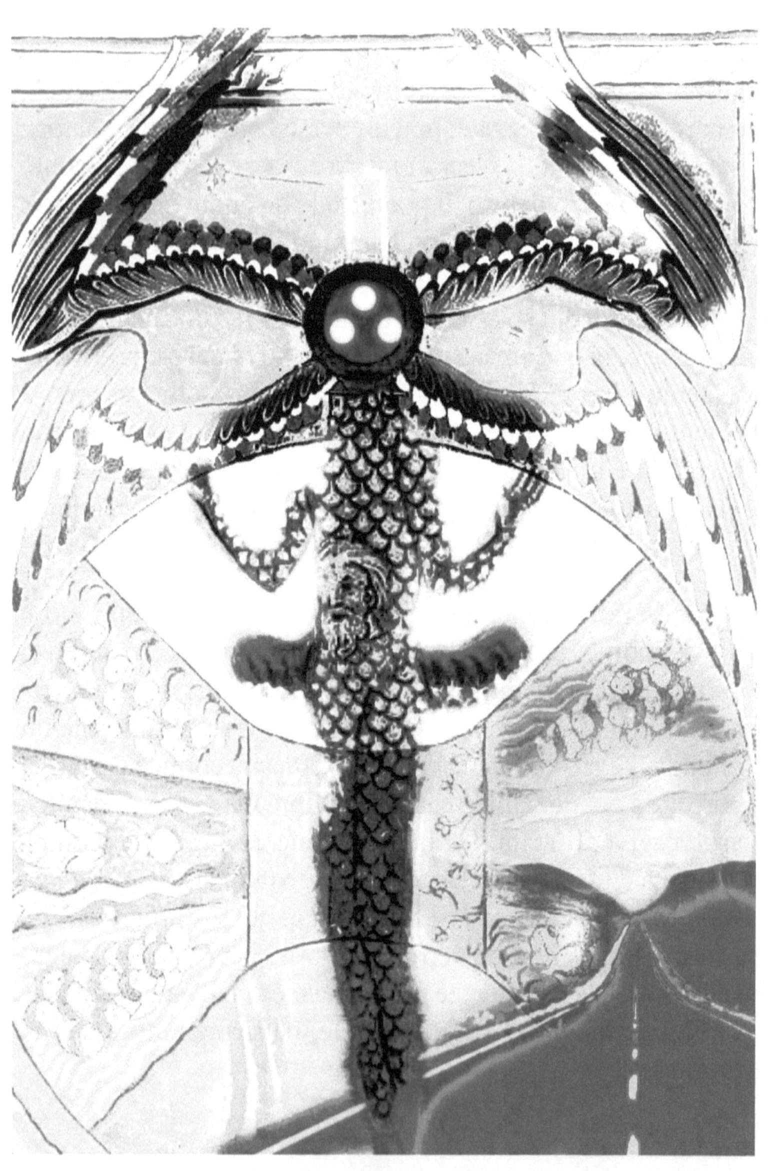

Non giudicare dalla copertina

*I primi tre sonetti fanno da cornice narrativa,
e in questo senso sembrano meno spontanei del
resto della raccolta.*
*Il tema del libro maledetto è un vecchio luogo
comune, che qui comunque assume una funzione
metaletteraria in quanto il suo contenuto va a
coincidere con* Fungosità da Yuggoth. *Si aggiunge anche un elemento un po' ironico, dato che il
libro non è un prezioso tomo tenuto sotto chiave
in sedi prestigiose, come il* Necronomicon, *ma
lo si trova per caso, buttato dentro una pila di
remainders da quattro soldi.*
*La sinistra cittadina portuale, che di lì a pochi anni avrà la sua forma definitiva nella Innsmouth del celebre racconto, è un'ambientazione
che tornerà più volte in queste poesie.*

I. The Book

The place was dark and dusty and half-lost
In tangles of old alleys near the quays,
Reeking of strange things brought in from the seas,
And with queer curls of fog that west winds tossed.
Small lozenge panes, obscured by smoke and frost,
Just shewed the books, in piles like twisted trees,
Rotting from floor to roof—congeries
Of crumbling elder lore at little cost.

I entered, charmed, and from a cobwebbed heap
Took up the nearest tome and thumbed it through,
Trembling at curious words that seemed to keep
Some secret, monstrous if one only knew.
Then, looking for some seller old in craft,
I could find nothing but a voice that laughed.

1. Il libro

Ambiente polveroso e scuro, semi-perso
nella rete dei vecchi vicoletti presso i moli
che puzzano di strane cose giunte dal mare,
con ricci rococò di nebbia scossi dal vento.
Da vetri romboidali opachi di fumo e brina
s'intravedono libri in pile contorte come
alberi marci, da terra al soffitto: congerie
di antico folklore da due soldi, disfatto.

Ammaliato entrai, da sotto ragnatele estrassi
dal mucchio un tomo sottomano; e sfogliandolo
tremavo per parole strambe che sembravano
covare chissà che misteri mostruosi – a saperlo!
Poi, cercando attorno un negoziante d'antan,
incontrai solo una voce, e quella rideva.

Innsmouth o quasi

*Le casette squallide che "osservano" il protago-
nista in fuga rimandano di nuovo a Innsmouth.
E di nuovo con un tocco di humour: vuole na-
scondere il furto, ma poi cammina nervosamente
voltandosi spesso indietro, che è il modo miglio-
re per destare sospetti.*

*Rispetto agli abitanti di Innsmouth, qui il narra-
tore ha il "vantaggio" che gli inseguitori sono
invisibili, il che li rende più enigmatici ma meno
disgustosi.*

*Come nel sonetto precedente, si allude al fatto
che il libro misterioso parla di mondi spaventosi,
e tuttavia – come si vedrà nel prosieguo – sono
anche universi che, ambiguamente, Lovecraft
trova affascinanti, un'auspicabile alternativa
allo squallore della Terra.*

II. Pursuit

I held the book beneath my coat, at pains
To hide the thing from sight in such a place;
Hurrying through the ancient harbor lanes
With often-turning head and nervous pace.
Dull, furtive windows in old tottering brick
Peered at me oddly as I hastened by,
And thinking what they sheltered, I grew sick
For a redeeming glimpse of clean blue sky.

No one had seen me take the thing—but still
A blank laugh echoed in my whirling head,
And I could guess what nighted worlds of ill
Lurked in that volume I had coveted.
The way grew strange—the walls alike and madding—
And far behind me, unseen feet were padding.

2. Inseguito

Tenevo il libro sotto il cappotto – cosa ben
ardua da celare all'occhio in quell'ambiente –
attraversando di fretta i vecchi vicoli del porto
e spesso voltandomi, a passi nervosi.
Finestre spente, furtive tra mattoni sbrecciati
gettavano strani sguardi a me fuggitivo;
e pensando ai loro segreti, morivo di voglia
di rivedere l'azzurro benefico del cielo.

Nessun testimone del furto, eppure! Ancora
un riso impersonale mi rimbombava in testa,
mentre indovinavo oscuri maledetti mondi
celati nel volume che tanto mi aveva tentato.
Che strana si è fatta la strada, e i muri, follia!
E passi felpati in lontananza, di invisibili cose.

Gli abissi dietro la finestra

L'ultimo verso farebbe pensare a una conclusione catastrofica, come in Dagon; *invece al protagonista non succederà nulla, se interpretiamo le prime tre poesie come cornice narrativa.*
Il fatto che si parli di casa, e non albergo, fa pensare che il protagonista abiti lì, non sia solo di passaggio come a Innsmouth. Il mormorio dev'essere l'enunciazione delle formule magiche contenute nel volume rubato, cosicché a raspare contro i vetri della casa sono quegli stessi mondi "al di là" di cui parla il libro.
Qui emerge chiaramente il mix di attrazione e repulsione esercitato dagli «abissi oltre la Terra». Di più, anzi: l'autore non li immagina popolati da alieni mostruosi, ma caratterizzati da romantici paesaggi onirici, una sorta di fusione tra il New England *e le* Mille e una notte. *Questo stesso senso di attrazione aveva dato il via alla ricerca dello sconosciuto Kadath.*

III. The Key

I do not know what windings in the waste
Of those strange sea-lanes brought me home once more,
But on my porch I trembled, white with haste
To get inside and bolt the heavy door.
I had the book that told the hidden way
Across the void and through the space-hung screens
That hold the undimensioned worlds at bay,
And keep lost aeons to their own demesnes.

At last the key was mine to those vague visions
Of sunset spires and twilight woods that brood
Dim in the gulfs beyond this earth's precisions,
Lurking as memories of infinitude.
The key was mine, but as I sat there mumbling,
The attic window shook with a faint fumbling.

3. La chiave

Chi mai saprà dire che giri e rigiri nel vuoto
di quelle pazze calli mi riportarono a casa;
ecco fremevo sulla soglia, pallido nella furia
di rinchiudermi dietro chiavistello e portone.
Ma ce l'avevo! Il libro del viaggio nascosto
nel nulla, tra gli schermi appesi nello spazio
per tenere a bada mondi a-dimensionali,
per trattenere indietro eoni di perdizione.

E finalmente: la chiave delle vaghe visioni
di guglie al tramonto, di boschi in penombra
appena percepiti negli abissi oltre la Terra,
in agguato come memorie dell'infinità.
Avevo la chiave, ma mentre adesso sedevo
mormorando, al vetro dell'abbaino… un raspare.

Dissolvenza incrociata

Anche se i primi tre sonetti offrono una cornice narrativa, ogni componimento fa poi vita a sé, pur con qualche rimando reciproco.
Qui la scena si svolge inizialmente sulla Terra, in presenza di umani degenerati (cfr. The Call of Cthulhu*) intenti a compiere qualche orrido rito. Con una dissolvenza incrociata, la scena si sposta però su un altro pianeta, proprio quello Yuggoth che dà nome alla raccolta, e che nel racconto* The Whisperer in Darkness *verrà identificato con Plutone, pianeta da poco scoperto dagli astronomi (1930).*
Lo scambio finale di punti di vista, anzi di personalità, avrà la sua apoteosi in The Shadow Out of Time*; con la notevole differenza che qui la mente dell'io narrante non trasloca nella mente di uno scienziato ma in quella di una vittima sacrificale, che verrà divorata nel corso del rito. Ominidi allevati a scopo alimentare compaiono anche nel romanzo* At the Mountains of Madness*.*

IV. Recognition

The day had come again, when as a child
I saw—just once—that hollow of old oaks,
Grey with a ground-mist that enfolds and chokes
The slinking shapes which madness has defiled.
It was the same—an herbage rank and wild
Clings round an altar whose carved sign invokes
That Nameless One to whom a thousand smokes
Rose, aeons gone, from unclean towers up-piled.

I saw the body spread on that dank stone,
And knew those things which feasted were not men;
I knew this strange, grey world was not my own,
But Yuggoth, past the starry voids—and then
The body shrieked at me with a dead cry,
And all too late I knew that it was I!

4. Le ricordanze

Era tornato il giorno che ragazzino vidi,
quella volta sola, l'atavica valle delle querce,
grigia di una bruma che avvolge e soffoca
sagome furtive abbruttite dalla follia.
Era quella: erbaccia rigogliosa e putrida
scala un altare il cui segno scolpito evoca
il Senza Nome al quale si elevarono mille
fumate, eoni fa, da immonde babeliche torri.

Vidi il corpo disteso su quell'umida roccia
ed esseri non umani vidi a fargli la festa;
conobbi non mio quel mondo strano e grigio,
era Yuggoth oltre i vuoti del cosmo – e allora
il corpo mi rivolse un lungo grido mortale,
e troppo tardi compresi che quello ero io!

L'Iperuranio e oltre

La promessa ingannevole di questo demone imprecisato riprende il finale di The Dream-Quest of Unknown Kadath, *dove a far viaggiare il protagonista nello spazio era Nyarlathotep, il Caos Strisciante; lo incontreremo più avanti in queste poesie.*
L'ultimo verso racchiude una rivelazione molto significativa: il protagonista, l'alter ego di Lovecraft, sognava di tornare in una felice condizione precedente alla vita su questa Terra, quasi una versione fantascientifica della filosofia di Platone. Ed è vero – gli sussurra il demone – che in un lontanissimo passato lui apparteneva a un altro mondo, e conosceva la verità. Ma quella verità era il buio cosmico, inferno senza confini.

V. Homecoming

The daemon said that he would take me home
To the pale, shadowy land I half recalled
As a high place of stair and terrace, walled
With marble balustrades that sky-winds comb,
While miles below a maze of dome on dome
And tower on tower beside a sea lies sprawled.
Once more, he told me, I would stand enthralled
On those old heights, and hear the far-off foam.

All this he promised, and through sunset's gate
He swept me, past the lapping lakes of flame,
And red-gold thrones of gods without a name
Who shriek in fear at some impending fate.
Then a black gulf with sea-sounds in the night:
"Here was your home," he mocked, "when you had sight!"

5. Homecoming

Il demone disse che mi avrebbe rimpatriato
nella terra tenue e ombrosa, mezza ricordata
come un'altura tutta scale e terrazze, cinta
di balaustre marmoree spazzate da venti celesti
mentre, miglia sotto, si espandeva sul mare
un gran labirinto di sovrapposte cupole e torri.
E di nuovo – mi diceva – sarei salito incantato
su quelle cime, in ascolto della spuma lontana.

Promise, e attraverso il portale del tramonto
mi trascinò oltre laghi sciabordanti di fuoco
e troni rosso-oro di divinità senza nome,
raccapricciate da qualche destino in arrivo.
Poi un abisso notturno, un fruscio di onde, e
lui mi irrise: "Qui abitavi, quando non cieco!".

12A

In Egitto con Houdini e Poe

Tra tutti i testi di Lovecraft, è quello più diretta-mente ispirato alle Mille e una notte. *Con con-taminazioni dell'esoterismo egizio diventato di moda nel Settecento, che Lovecraft utilizzò soprattutto nel racconto* Imprisoned with the Pharaohs *scritto per il mago Houdini (1924). Era ancora relativamente recente la scoperta della tomba di Tutankhamon (1922) con relativa maledizione.*

Dettaglio ironico: diversamente da Napoleo-ne, i protagonisti del sonetto non provano un particolare timore reverenziale per i «quaranta secoli» delle piramidi. I «peccati» rimandano ai riti di magia nera spesso presenti nei testi dello scrittore di Providence.

L'improvvisa apparizione di entità sovrumane ha un parallelo nel finale di The Dunwich Horror. *Le «vaste sagome» riecheggiano la poesia* The Haunted Palace *di Edgar Allan Poe (con una variante testuale:* shapes *anziché* forms*).*

VI. The Lamp

We found the lamp inside those hollow cliffs
Whose chiseled sign no priest in Thebes could read,
And from whose caverns frightened hieroglyphs
Warned every living creature of earth's breed.
No more was there—just that one brazen bowl
With traces of a curious oil within;
Fretted with some obscurely patterned scroll,
And symbols hinting vaguely of strange sin.

Little the fears of forty centuries meant
To us as we bore off our slender spoil,
And when we scanned it in our darkened tent
We struck a match to test the ancient oil.
It blazed—great God! . . . But the vast shapes we saw
In that mad flash have seared our lives with awe.

6. La lampada

La lampada la trovammo in quella scogliera erosa
il cui segno inciso era ignoto ai preti di Karnak
e dalle cui caverne i geroglifici atterriti
ammonivano ogni creatura in Terra generata.
Altro non c'era, solo quel recipiente di bronzo
con dentro tracce di un olio così insolito;
bronzo bucherellato a geometrie indecifrabili,
a simboli con vaghi accenni a strani peccati.

Quaranta secoli di timore, poco ci calavano
mentre ci eclissavamo col magro bottino;
esaminandolo nella penombra della tenda,
a testare l'olio accendemmo un fiammifero.
S'accese e – gran Dio! Ma per le vaste sagome
intraviste nel lampo viviamo in sacro terrore.

Brava gente

Fungosità da Yuggoth, *pur in un'atmosfera co-
erente di fondo, mette insieme testi di diverso
genere letterario. Qui quasi una favola, o una
puntata di* Piccoli brividi.
*La cittadina di Aylesbury esiste realmente, però
in Inghilterra, non in America (come Innsmouth,
ma Lovecraft lo ignorava); tornerà più avanti. Al di là del tono semi-scherzoso, comincia a
emergere un tema che diventerà importante nella
raccolta: quello della famiglia o comunità iso-
lata, emarginata, e dell'indifferenza o disprezzo
con cui le circonda il resto della popolazione.
Infatti le persone venute a curiosare da Aylesbury sghignazzano, ma non muovono un dito
per scoprire cosa sia successo agli abitanti del
villaggio. Il tocco di classe consisterebbe nel
sottintendere che sono stati* loro *ad annientarli,
nascondendosi dietro la leggenda.*

VII. Zaman's Hill

The great hill hung close over the old town,
A precipice against the main street's end;
Green, tall, and wooded, looking darkly down
Upon the steeple at the highway bend.
Two hundred years the whispers had been heard
About what happened on the man-shunned slope—
Tales of an oddly mangled deer or bird,
Or of lost boys whose kin had ceased to hope.

One day the mail-man found no village there,
Nor were its folk or houses seen again;
People came out from Aylesbury to stare—
Yet they all told the mail-man it was plain
That he was mad for saying he had spied
The great hill's gluttonous eyes, and jaws stretched wide.

7. La collina di Zaman

Il grande colle sovrastava il borgo antico,
un precipizio che sigillava la Main Street:
alto, verde, boscoso, guardava tetramente
sul campanile alla curva della strada.
Da due secoli si sussurrava sugli eventi
del pendio che la gente evitava come peste...
storie di uccelli o cervi stranamente straziati
o bimbi smarriti i cui cari s'eran rassegnati.

Il postino un bel dì non ritrovò il villaggio,
nessuno più rivide quella gente né le case,
si arrivava fin da Aylesbury a ficcanasare.
Tutti però al postino dissero, ed era chiaro,
che era matto ad affermare di aver scorto
occhi avidi sù pe'l colle, aperte mascelle.

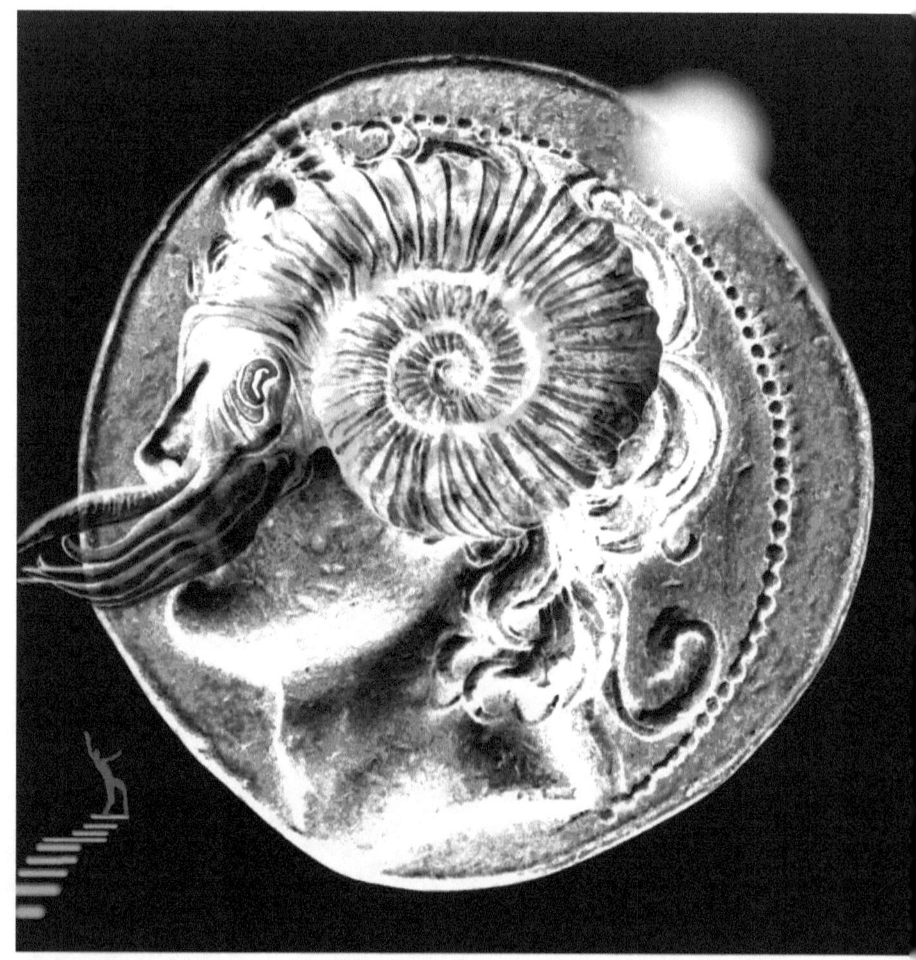

Il nuovo New England

È possibile che i due sonetti successivi costituiscano un unico gruppo insieme a questo; ma contro l'ipotesi c'è l'affollamento che connota i numeri 9 e 10, soprattutto il 10.
Compare qui per la prima volta Innsmouth, cittadina di mare del New England inventata da Lovecraft e destinata a fare da sfondo a uno dei suoi racconti più famosi in assoluto.
Nel sonetto le atmosfere sono molto più rarefatte, con un accenno di maledizione (la nave mercantile, come nel racconto) ma, ancor più, un silenzio che sgomenta. L'arrivo del protagonista è diverso rispetto a The Shadow over Innsmouth, *riprende semmai l'incipit del racconto giovanile* The Festival. *In quel caso la località era Kingsport, anch'essa – come Innsmouth e Arkham – inventata dallo scrittore.*

VIII. The Port

Ten miles from Arkham I had struck the trail
That rides the cliff-edge over Boynton Beach,
And hoped that just at sunset I could reach
The crest that looks on Innsmouth in the vale.
Far out at sea was a retreating sail,
White as hard years of ancient winds could bleach,
But evil with some portent beyond speech,
So that I did not wave my hand or hail.

Sails out of Innsmouth! echoing old renown
Of long-dead times. But now a too-swift night
Is closing in, and I have reached the height
Whence I so often scan the distant town.
The spires and roofs are there—but look! The gloom
Sinks on dark lanes, as lightless as the tomb!

8. Il porto

Dieci miglia da Arkham m'imbatto nel sentiero
che segue il dirupo dando su Boynton Beach,
e speravo di giungere così entro il tramonto
alla cresta che guarda su Innsmouth a basso.
In lontananza sul mare una vela in partenza,
sbiancata da lunghi anni sotto antichi venti
e carica di qualche fattura indicibile, no,
neppure provai ad accennare un saluto.

Vele di Innsmouth, fruscianti della fama
di Ere sepolte! Adesso però rapida la notte
scende, e sono arrivato a quell'altura da
cui tanto spesso ammiro la città a distanza.
Ecco guglie e tegole, ma… osserva, l'ombra
cala su vicoli scuri, senza luce come tombe.

La questione del razzismo

Se la località è ancora Innsmouth come nella poesia precedente, qui curiosamente sono le case – anziché gli abitanti – a essere alcolizzate e con occhi da pesce.
Affiora un tema oggi molto controverso attorno a Lovecraft, quello del razzismo; il racconto più duro da questo punto di vista è The Horror at Red Hook, *scritto nel 1925. La problematica è reale, ma da non assolutizzare: Lovecraft credeva nella superiorità evolutiva della razza bianca, ma non era violento, e con il passare degli anni stemperò la propria intolleranza verso gli immigrati, che gli era montata dentro durante l'infelice soggiorno a New York (1924-26).*
Diventa quindi ancora più interessante, verso la fine di questa raccolta, il sonetto 33. Il finale del Cortile, *con la sua danza di zombie, rappresenta un tratto insolito nella letteratura lovecraftiana, quasi alla Tim Burton.*

IX. The Courtyard

It was the city I had known before;
The ancient, leprous town where mongrel throngs
Chant to strange gods, and beat unhallowed gongs
In crypts beneath foul alleys near the shore.
The rotting, fish-eyed houses leered at me
From where they leaned, drunk and half-animate,
As edging through the filth I passed the gate
To the black courtyard where the man would be.

The dark walls closed me in, and loud I cursed
That ever I had come to such a den,
When suddenly a score of windows burst
Into wild light, and swarmed with dancing men:
Mad, soundless revels of the dragging dead—
And not a corpse had either hands or head!

9. Il cortile

Ed ecco la città, la stessa che conoscevo:
città antica e lebbrosa dove folle meticce
inneggiano a strani dèi e battono empi gong
in cripte sotto squallidi vicoli al lungomare.
Case marce con occhi di pesce a scrutarmi
dal proprio posto, sbronze e semivive,
mentre tra immondizie passavo l'ingresso
del nero cortile dove avevo appuntamento.

Chiuso tra mura buie, ad alta voce maledicevo
di essermi cacciato in un simile postaccio,
quando cento finestre tutt'all'improvviso
s'accesero accecanti, brulicanti di danzatori:
festa folle e silenziosa dei cadaveri al *ralenti*,
e non uno che avesse mani, avesse il cranio!

Ispirando Alan Moore

*Non è chiaro se i tizi che portano il protagonista
a fare turismo tra i bassifondi (in inglese compare il termine tecnico "slumming") siano gli
stessi con cui aveva appuntamento nel sonetto
precedente. Propenderei per il no. Rispetto alla
desolata Innsmouth del sonetto 8 e del racconto,
qui è un tripudio di effetti speciali tra l'horror
e la fantascienza.*
*Che i piccioni siano messaggeri tra il nostro
mondo e universi contigui, è un'idea che Alan
Moore – grande fan del Nostro – riprenderà nel
suo monumentale romanzo* Jerusalem. *Qui però
non è detto che siano veri e propri piccioni, no-
nostante il titolo; specialmente l'ultimo verso
suggerisce una qualche specie più indefinibi-
le e inquietante. Di solito, poi, in Lovecraft gli
animali che viaggiano tra piani cosmici diversi
sono i gatti.*

X. The Pigeon-Flyers

They took me slumming, where gaunt walls of brick
Bulge outward with a viscous stored-up evil,
And twisted faces, thronging foul and thick,
Wink messages to alien god and devil.
A million fires were blazing in the streets,
And from flat roofs a furtive few would fly
Bedraggled birds into the yawning sky
While hidden drums droned on with measured beats.

I knew those fires were brewing monstrous things,
And that those birds of space had been Outside—
I guessed to what dark planet's crypts they plied,
And what they brought from Thog beneath their wings.
The others laughed—till struck too mute to speak
By what they glimpsed in one bird's evil beak.

10. I piccioni viaggiatori

Mi fecero girare tra brulli muri di mattoni
gonfi di una vischiosa massa maligna,
dove facce contorte in orrido assembramento
ammiccano messaggi ad alieni demoni e dèi.
Falò a milioni ardevano per le strade, da
tetti a terrazza figure furtive lanciavano
uccelli scapigliati nel concavo del cielo
al battito cadenzato di celati tamburi.

E sapevo che nei falò fermentavano mostri
e che gli uccelli avevano spaziato fin Fuori –
fino alle cripte di un oscuro pianeta (indovina),
e cosa riportassero da Thog sotto le ali.
Ridevano, i compagni, poi costretti al mutismo
da ciò che notarono dentro un becco infernale.

Disagio e *pietas*

*Una di quelle storie in cui, a mio parere, Lo-
vecraft dà il meglio: la descrizione di ambienti
sociali isolati, in preda all'emarginazione e a
forme di disagio sia fisico che psichico. Accanto
all'orrore si sente la* pietas.
Qui e al sonetto 26 si allude alle county farm,
*sorta di centri agricoli in cui ci si "prendeva
cura" delle persone in situazioni di povertà o
alienazione; nei racconti lovecraftiani con lo
stesso tipo di ambientazione (vedi* The Colour
Out of Space*) questa soluzione non è prevista,
vi è la catastrofe e basta.
Anche il suicidio è un tema raro nei racconti
e romanzi. Il pozzo che termina in un abisso
spaventoso, non narrato ma lasciato tutto all'im-
maginazione del lettore, deriva probabilmente
dal racconto* The Pit and the Pendulum *di Poe.*

XI. The Well

Farmer Seth Atwood was past eighty when
He tried to sink that deep well by his door,
With only Eb to help him bore and bore.
We laughed, and hoped he'd soon be sane again.
And yet, instead, young Eb went crazy, too,
So that they shipped him to the county farm.
Seth bricked the well-mouth up as tight as glue—
Then hacked an artery in his gnarled left arm.

After the funeral we felt bound to get
Out to that well and rip the bricks away,
But all we saw were iron hand-holds set
Down a black hole deeper than we could say.
And yet we put the bricks back—for we found
The hole too deep for any line to sound.

11. Il pozzo

Seth Atwood, agricoltore, era oltre gli ottanta
quando tentò di ricavare quel pozzo sotto casa,
e solo Eb ad aiutarlo a scavare giù giù giù.
Noi ironizzando speravamo rinsavisse, e presto.
Invece accadde che impazzì anche il giovane
Eb; lo si rinchiuse alla Casa dei diseredati.
Seth al pozzo sigillò la bocca con cura totale,
poi s'incise un'arteria del braccio nodoso.

Fatto il funerale, non ci potemmo trattenere
dall'andare al pozzo a sventrarne i mattoni:
altro non c'era che una lunga fila di appigli
che scendeva giù nel buio fin oltre il dicibile.
Quei mattoni li rimettemmo, avendo scoperto
che nessuno scandaglio raggiungeva il fondo.

Dunwich o quasi

Quando Lovecraft scrisse Fungi from Yuggoth *aveva già pubblicato* The Dunwich Horror: *adesso tuttavia la storia appare in forma semplificata anziché accresciuta. Forse perché l'autore si rifà a un sogno, senza ulteriori elaborazioni, e/o perché nei sonetti mantiene toni più sfumati e intimisti.*
La casa ha qualcosa di fatato, e nulla vieta che ad abitarvi sia una creatura femminile, quasi una sfinge. Un/una changeling, o il frutto di un esperimento, o di un accoppiamento con entità aliene? L'indefinitezza accresce il fascino del testo. Viti ed edera aggiungono un tocco mitologico, bacchico.

XII. The Howler

They told me not to take the Briggs' Hill path
That used to be the highroad through to Zoar,
For Goody Watkins, hanged in seventeen-four,
Had left a certain monstrous aftermath.
Yet when I disobeyed, and had in view
The vine-hung cottage by the great rock slope,
I could not think of elms or hempen rope,
But wondered why the house still seemed so new.

Stopping a while to watch the fading day,
I heard faint howls, as from a room upstairs,
When through the ivied panes one sunset ray
Struck in, and caught the howler unawares.
I glimpsed—and ran in frenzy from the place,
And from a four-pawed thing with human face.

12. Qualcosa guaisce

Mi avvertirono: evita la via della Briggs' Hill,
in passato la più diretta verso Zoar, dato che
il Buon Watkins, impiccato mezzo secolo fa,
ha lasciato in zona un erede un po' così.
Disobbedii, e quando mi ritrovai in vista
della casetta rivestita di viti sotto al dirupo,
non ricordai quell'alto albero con corda,
stupito semmai che la casa sembrasse nuova.

Sostando allora a contemplare il tramonto,
udii come guaiti dal piano di sopra, ed ecco
attraverso un vetro coperto d'edera il sole
a sorpresa illuminò chi li aveva emessi.
Al primo sguardo, fuggi a perdifiato di là,
da quel quadrupede di faccia come umana.

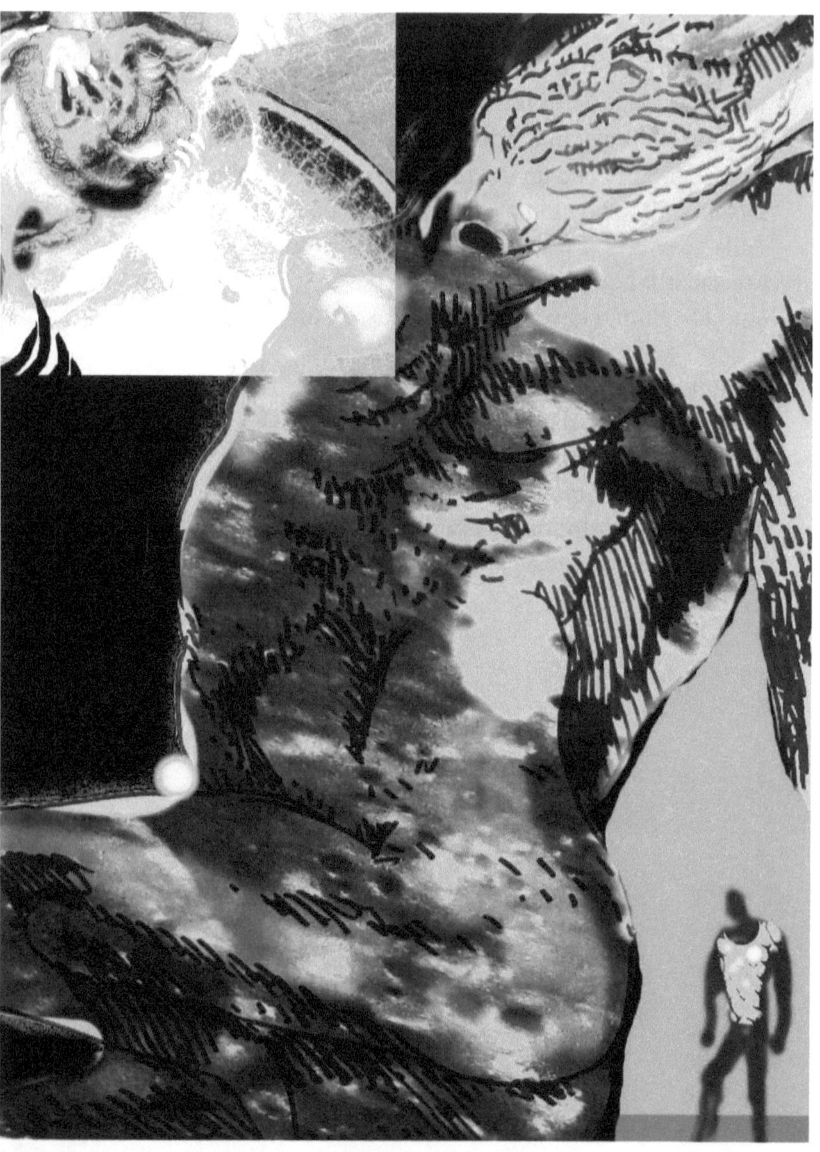

Pandora onirico

Testo iconico per scoprire che cosa sia il soprannaturale in Lovecraft: un universo simultaneamente splendido e inquietante, classico (Mesopotamia, Egitto, Grecia) e fantascientifico, in cui la presenza della rozza, violenta umanità avrebbe comunque effetti devastanti. Che poi, in sostanza, è la storia del pianeta Pandora di James Cameron.
L'unico modo per raggiungere quei mondi resta il sogno, come il protagonista aveva fatto in The Dream-Quest of Unknown Kadath, *tutt'altro che una passeggiata.*

XIII. Hesperia

The winter sunset, flaming beyond spires
And chimneys half-detached from this dull sphere,
Opens great gates to some forgotten year
Of elder splendours and divine desires.
Expectant wonders burn in those rich fires,
Adventure-fraught, and not untinged with fear;
A row of sphinxes where the way leads clear
Toward walls and turrets quivering to far lyres.

It is the land where beauty's meaning flowers;
Where every unplaced memory has a source;
Where the great river Time begins its course
Down the vast void in starlit streams of hours.
Dreams bring us close—but ancient lore repeats
That human tread has never soiled these streets.

13. Esperia

Il tramonto d'inverno, fiammante dietro guglie
e ciminiere semi-estranee a questa spenta sfera,
apre un ampio portale su un'Era scordata
di antichi splendori e desideri divini.
Meraviglie in attesa ardono nel fuoco,
cariche d'avventura e non senza paura;
fila di sfingi, la via accompagna verso
mura e torri che lontane lire fan vibrare.

In quella terra fiorisce il senso del Bello
e ogni vagante memoria vi trova la fonte
e il gran fiume Tempo inizia il suo corso
nel vasto nulla, tra le ore, sotto le stelle.
Là tendono i sogni… ma è fama antica
che mai uomo insozzò quelle strade.

Radio libera Fomalhaut

*Il componimento che dà il titolo alla raccolta;
nonché, nel suo piccolo, un capolavoro del nostro autore.*
*I poeti che conoscono Yuggoth, ancora più esat-
tamente che "lunatici", sono* moonstruck *ossia
"toccati" dalla luna, quindi pazzi. Lo scambio di
sogni, tra quelli che arrivano e quelli che vanno
perduti, era una delle idee più interessanti nel
racconto giovanile* The Strange High House in
the Mist.
*E a proposito di ispirazione che giunge dalle
stelle, Fomalhaut diventerà la Albemuth di Phi-
lip K. Dick nel romanzo messianico* Radio Free
Albemuth, *e più volte nelle migliaia di pagine
di appunti per l'"Esegesi".*

XIV. Star-Winds

It is a certain hour of twilight glooms,
Mostly in autumn, when the star-wind pours
Down hilltop streets, deserted out-of-doors,
But shewing early lamplight from snug rooms.
The dead leaves rush in strange, fantastic twists,
And chimney-smoke whirls round with alien grace,
Heeding geometries of outer space,
While Fomalhaut peers in through southward mists.

This is the hour when moonstruck poets know
What fungi sprout in Yuggoth, and what scents
And tints of flowers fill Nithon's continents,
Such as in no poor earthly garden blow.
Yet for each dream these winds to us convey,
A dozen more of ours they sweep away!

14. Venti astrali

È quella certa ora d'ombre crepuscolari,
specie d'autunno, quando il vento astrale
soffia dalle colline su vie ed esterni deserti,
ma già dal calduccio qualche lampada brilla.
Foglie secche volano in vortici fantasiosi,
fumi di ciminiera attorti con grazia aliena
assecondano geometrie dello spazio esterno,
mentre Fomalhaut spia tra nebbie del Sud.

Questa è l'ora in cui poeti lunatici sanno
che funghi spuntino a Yuggoth, e che odori
e tinte di fiori colmino le terre di Nithon,
quali in nessun misero giardino terrestre.
Ma per ogni sogno da quei venti portato,
dieci altri dei nostri ne son spazzati via.

Le montagne della follia, o quasi

Una sorta di provino del romanzo At the Mountains of Madness, *a cui Lovecraft avrebbe cominciato a lavorare poco dopo* Fungi. *In questa chiave, gli occhi minacciosi che si celano sotto i ghiacci si possono attribuire agli Shoggoth. L'idea però che la grande struttura che emerge al Polo non sia opera degli Antichi ma di qualcun altro (e solo gli Antichi saprebbero forse spiegare chi) ha un parallelo più diretto con le torri in* The Shadow Out of Time.
Notevole il ruolo dell'uccello, non una sagoma inquietante che grida tekeli-li *ma un animale con poteri divinatori, un po' come l'albatro di Coleridge. Diversamente dal romanzo, qui il protagonista non ha neppure bisogno di viaggiare fino al Polo per essere sconvolto dal terrore.*

XV. Antarktos

Deep in my dream the great bird whispered queerly
Of the black cone amid the polar waste;
Pushing above the ice-sheet lone and drearly,
By storm-crazed aeons battered and defaced.
Hither no living earth-shapes take their courses,
And only pale auroras and faint suns
Glow on that pitted rock, whose primal sources
Are guessed at dimly by the Elder Ones.

If men should glimpse it, they would merely wonder
What tricky mound of Nature's build they spied;
But the bird told of vaster parts, that under
The mile-deep ice-shroud crouch and brood and bide.
God help the dreamer whose mad visions shew
Those dead eyes set in crystal gulfs below!

15. Antarktos

Nel sonno profondo, il grande volatile garriva
del cono nerastro nella desolazione del Polo,
dritto sui ghiacci malinconici e solitari,
battuto e sfigurato dagli eoni di tempeste.
Là nessuna terrena forma di vita si sviluppa,
solo pallide aurore boreali e fiochi soli
baciano la rupe bucherellata, le cui origini
più o meno indovinano soltanto gli Antichi.

Se gente lo vedesse, si chiederebbe giusto
che buffo scherzo di Natura sia mai quello;
ma l'uccello sa di vasti recessi che covano
sotto il sudario chilometrico di ghiaccio.
Dio aiuti il sognatore a cui pazze visioni
mostrano gli occhi morti sotto quei cristalli!

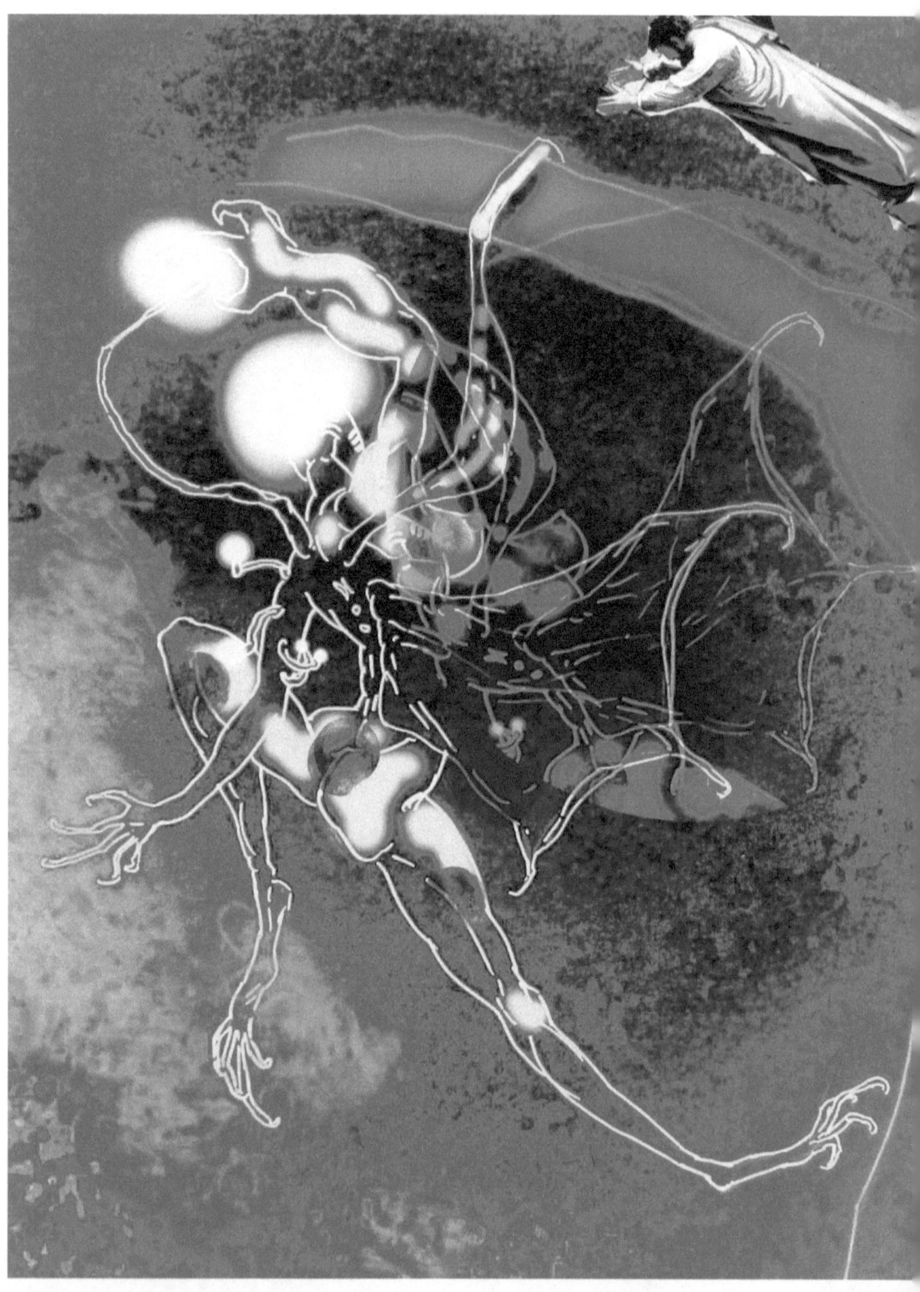

Camera con vista

Uno dei temi preferiti da Lovecraft, quello della finestra aperta su altre dimensioni. Di solito nei racconti le conseguenze finali sono tragiche, come in He *o* The Haunter of the Dark. *Qui però, in poesia, l'autore non costruisce una storia horror, si limita a lasciarsi andare alla fantasia. A lui sarebbe davvero piaciuto scoprire una finestra come quella, a dispetto della triste visione materialista che la realtà gli trasmetteva. È possibile che sullo sfondo aleggi il mito del labirinto del Minotauro: il poeta ha trovato il filo di Arianna che cercava. In questo caso, per fuggire al mondo esterno.*

XVI. The Window

The house was old, with tangled wings outthrown,
Of which no one could ever half keep track,
And in a small room somewhat near the back
Was an odd window sealed with ancient stone.
There, in a dream-plagued childhood, quite alone
I used to go, where night reigned vague and black;
Parting the cobwebs with a curious lack
Of fear, and with a wonder each time grown.

One later day I brought the masons there
To find what view my dim forbears had shunned,
But as they pierced the stone, a rush of air
Burst from the alien voids that yawned beyond.
They fled—but I peered through and found unrolled
All the wild worlds of which my dreams had told.

16. La finestra

La casa era antica, intrico di ali esterne
di cui terrebbe nessuno traccia a metà;
e in una stanzetta verso il lato lontano
vecchie pietre sigillavano una finestra bizzarra.
Là andavo, bambino appestato di sogni, solo
soletto dove vaghe regnavano le ombre,
scostando ragnatele curiosamente senza
paura e con meraviglia vasta, sempre più.

Finché là un bel giorno portai muratori
a scoprire che viste celasse il presentimento.
Al loro primo foro una raffica di vento
s'insinuò dentro dal vuoto alieno dell'oltre…
e fuggirono, ma io che spiai, vidi dispiegarsi
tutti i mondi deliranti narrati dai sogni.

Leng o quasi

Di nuovo atmosfere che in qualche modo richiamano le avventure alla ricerca di Kadath, e in particolare le peripezie sull'altopiano di Leng, che potevano finir molto male. In questa "reminiscenza" si ha infatti il più chiaro riferimento alla morte, in un "al di là" che non è paradiso né inferno ma un universo parallelo.
Stupenda l'immagine del muraglione; il testo inglese lo paragona semplicemente a "un" pitone, tuttavia pare scontato il riferimento a quello mitologico, ucciso da Apollo.

XVII. A Memory

There were great steppes, and rocky table-lands
Stretching half-limitless in starlit night,
With alien campfires shedding feeble light
On beasts with tinkling bells, in shaggy bands.
Far to the south the plain sloped low and wide
To a dark zigzag line of wall that lay
Like a huge python of some primal day
Which endless time had chilled and petrified.

I shivered oddly in the cold, thin air,
And wondered where I was and how I came,
When a cloaked form against a campfire's glare
Rose and approached, and called me by my name.
Staring at that dead face beneath the hood,
I ceased to hope—because I understood.

17. Reminiscenza

Vi erano sconfinate steppe, rocciosi altopiani
quasi all'infinito estesi nella notte stellata
e dove falò alieni gettavano fievoli luci
su bestie con campanellini, a branchi irsuti.
Lontano a sud, ampio, il pianoro declinava
verso oscure mura zigzaganti distese
come se il Pitone dell'Era primordiale
fosse gelato, pietrificato là dal tempo.

Tremavo troppo nell'aria fredda e rara
chiedendomi dove fossi e come giunto,
quando, stagliato contro i fuochi, s'alzò uno
col mantello, e venne, mi chiamò per nome.
Notando il morto volto sotto il cappuccio
lasciai ogni speranza – sì, ho capito ormai.

In questo seguitare una muraglia...

Possibile, non indispensabile, che il muro che il protagonista prova a oltrepassare sia lo stesso che si intravedeva nel sonetto precedente. Ad accomunare le due poesie è comunque il senso del fallimento, che nell'intera raccolta fa da sottofondo più o meno costante.
Nei sogni (precedenti), là nella muraglia si apriva un ingresso, che consentiva di sbirciare il felice giardino interno. Adesso (ancora in sogno, o...?) è arrivata l'ora decisiva, ma quell'ingresso non c'è più. È proprio per fare fronte a questo vuoto che Lovecraft ha creato il fantasmagorico ciclo di Cthulhu e soci.

XVIII. The Gardens of Yin

Beyond that wall, whose ancient masonry
Reached almost to the sky in moss-thick towers,
There would be terraced gardens, rich with flowers,
And flutter of bird and butterfly and bee.
There would be walks, and bridges arching over
Warm lotos-pools reflecting temple eaves,
And cherry-trees with delicate boughs and leaves
Against a pink sky where the herons hover.

All would be there, for had not old dreams flung
Open the gate to that stone-lanterned maze
Where drowsy streams spin out their winding ways,
Trailed by green vines from bending branches hung?
I hurried—but when the wall rose, grim and great,
I found there was no longer any gate.

18. I giardini di Yin

Dietro quel muro, le cui architetture ataviche
in torri verdi di muschio toccavano i cieli,
dovevano esistere giardini pensili di fiori
e svolazzare di uccelli e api e farfalle.
Dovevano esserci sentieri e ponti arcuati su
laghi di ninfee che riflettevano tetti di templi,
e ciliegi con delicatezza di foglie e rami
contro un cielo rosa solcato dagli aironi.

Sì, così: i sogni da tempo non avevano forse
scoperto quel labirinto con lampade di pietra,
dove correnti serpeggiavano pigre, seguite
da viti rigogliose pendenti da curvi rami?
E corsi – ma all'elevarsi della cupa muraglia
vidi che nessun cancello vi era più presente.

La forma dell'acqua

L'idea di campane che suonano sott'acqua appartiene al folklore – la si ritrova anche in una delle storie del Don Camillo di Guareschi. Notevoli anche però le differenze. Anzitutto il suono delle campane in questa poesia non sembra essere un pericoloso richiamo o un cattivo augurio: evoca semplicemente il mistero. Non è neppure detto che si tratti di una chiesa, può essere un suono solo in parte analogo a quello delle campane. Inoltre la fonte sonora non è sommersa in fondo a un lago, ma al mare; quel mare che attirerà irresistibilmente il protagonista nel finale di The Shadow over Innsmouth. *Innsmouth qui non ha nulla di terribile, anzi. Il dato più sottile, più incantevole, è che a risvegliare il ricordo è il fruscire della pioggia. Dovevano essere semplici agenti atmosferici, insieme ai sogni, a ispirare a Lovecraft i suoi racconti fascinosi.*

XIX. The Bells

Year after year I heard that faint, far ringing
Of deep-toned bells on the black midnight wind;
Peals from no steeple I could ever find,
But strange, as if across some great void winging.
I searched my dreams and memories for a clue,
And thought of all the chimes my visions carried;
Of quiet Innsmouth, where the white gulls tarried
Around an ancient spire that once I knew.

Always perplexed I heard those far notes falling,
Till one March night the bleak rain splashing cold
Beckoned me back through gateways of recalling
To elder towers where the mad clappers tolled.
They tolled—but from the sunless tides that pour
Through sunken valleys on the sea's dead floor.

19. Le campane

Avevo per anni sentito il fioco suono lontano
di cupe campane su ali del vento a mezzanotte:
rintocchi da nessun campanile rintracciabile,
ma strani, come da attraverso un gran vuoto.
Ne chiesi indizi ai sogni, alle mie memorie,
ripensai ai tanti scampanii nelle mie visioni,
alla quieta Innsmouth dove indulgevano gabbiani
attorno a un'antica guglia di cui sapevo.

Perplesso sempre udivo ricadere quelle note,
finché una notte di marzo una gelida pioggia
mi rifece segno dagli ingressi del ricordo,
disvelando le vecchie torri di quel pazzo suono.
Sì, scampanavano da onde senza sole, correnti
tra valli sommerse sul morto fondo del mare.

Protagonisti di un film da sogno

Ennesima scena in stile Kadath, qui in maniera molto esplicita ("esplicita" per noi lettori moderni, ma né Fungi *né* Dream-Quest *erano noti quando Lovecraft era in vita).*
Night-Gaunt è un termine difficile da tradurre, di solito reso in italiano con Magri Notturni, che però li priva un po' della loro aura. Qui addirittura compaiono, caso raro, in concomitanza con gli Shoggoth; e a loro volta gli Shoggoth se ne stanno insolitamente a dormire sott'acqua in agguato, come Cthulhu. Sta di fatto che i Night-Gaunt derivavano da autentici sogni ricorrenti dell'autore, anche se magari non «ogni notte» come afferma al verso 2. È l'unica volta in tutti i sonetti che una creatura dell'incubo viene descritta così in dettaglio. Potrebbe risuonare qualche reminiscenza dantesca (Gerione in Inferno *17, i diavoli al canto 22).*
Il colpo di genio sta negli ultimi due versi: l'orrore non consiste nelle ali di pipistrello, consiste nel mutismo e nel non avere nessuno da guardare negli occhi. Un orrore fin troppo realistico.

XX. Night-Gaunts

Out of what crypt they crawl, I cannot tell,
But every night I see the rubbery things,
Black, horned, and slender, with membraneous wings,
And tails that bear the bifid barb of hell.
They come in legions on the north wind's swell,
With obscene clutch that titillates and stings,
Snatching me off on monstrous voyagings
To grey worlds hidden deep in nightmare's well.

Over the jagged peaks of Thok they sweep,
Heedless of all the cries I try to make,
And down the nether pits to that foul lake
Where the puffed shoggoths splash in doubtful sleep.
But oh! If only they would make some sound,
Or wear a face where faces should be found!

20. I Night-Gaunt

Da che cripta striscino fuori, io non so. So
che ogni notte rivedo quelle cose gommose
nere, cornute, snelle con membranose ali
e code dalla punta biforcuta d'inferno.
In legioni arrivano, da tramontana portate,
con tocco osceno che solletica e punge
acchiappandomi per itinerari mostruosi
verso mondi grigi sotto i pozzi dell'incubo.

Spazzano i picchi seghettati del Thok,
incuranti delle grida che provo a gettare,
e giù per condotti, fino all'orrido lago
dove Shoggoth rigonfi forse riposano.
Oh se solo quei Gaunt emettessero suoni
o avessero facce dove facce vorresti!

Sfilata di star

Ha inizio una breve sezione in cui sfilano alcune delle "star" lovecraftiane. Il primo è il più sfuggente, Nyarlathotep. Fin dagli esordi lo scrittore lo utilizza come un jolly dalle caratteristiche variabili: da scienziato/showman in stile Nikola Tesla a entità cosmica. In ogni caso la sua apparizione tende ad avere effetti apocalittici, in senso letterale o etimologico (apocalypsis = rivelazione). Nel sonetto appare umano, per quanto fuori dalla norma. Il suo aspetto fisico suggerisce quello del faraone Akhenaton, il cui personaggio ispirò anche Freud per il saggio L'uomo Mosè e l'origine del monoteismo.
Balena anche una satira contro la cultura di massa, come nel racconto The Last Test. *Nel verso finale è tendenzialmente da escludere che si parli di Nyarlathotep, che è Caos sì, ma non demente, bensì strisciante e astuto. Semmai Azathoth (vedi poesia successiva).*

XXI. Nyarlathotep

And at the last from inner Egypt came
The strange dark One to whom the fellahs bowed;
Silent and lean and cryptically proud,
And wrapped in fabrics red as sunset flame.
Throngs pressed around, frantic for his commands,
But leaving, could not tell what they had heard;
While through the nations spread the awestruck word
That wild beasts followed him and licked his hands.

Soon from the sea a noxious birth began;
Forgotten lands with weedy spires of gold;
The ground was cleft, and mad auroras rolled
Down on the quaking citadels of man.
Then, crushing what he chanced to mould in play,
The idiot Chaos blew Earth's dust away.

21. Nyarlathotep

Infine quindi dal Basso Egitto si presentò
Quello, strano e scuro, onorato dai *fellah*:
taciturno, smilzo, cripticamente fiero,
avvolto in vesti rosse come acceso tramonto.
Pressato da masse in sottomessa frenesia,
ma che poi non sapevano ripeterne verbo.
Tra le nazioni si diffuse il clamoroso scoop
che belve lo seguivano leccandogli le mani.

Presto dal mare un'apocalisse risorse,
terre ignote con guglie d'oro e d'alga;
si spezzò il suolo, folli boreali aurore si
abbatterono su terremotate città umane.
Finché, sgretolando le sue casuali creature,
il Caos demente soffiò la Terra in polvere.

Dolcetto o scherzetto

I primi dodici versi offrono forse la più bella raffigurazione di colui che è il "dio supremo" nei miti di Cthulhu.
Una sorpresa invece gli ultimi due. Chi è il demone? Nyarlathotep, dal sonetto precedente, tanto più che svolge un ruolo di messaggero? E/o un demone simile a quello del sonetto 5, se non lui? In entrambi i casi, il "maestro" (che narra i fatti in prima persona) sarebbe lo stregone che ha evocato il demone e crede di dominarlo. Lui però, anziché esaudire i suoi desideri, gli fa lo scherzetto di accompagnarlo davanti al trono dell'orrore cosmico. Lo stesso scherzo che prova a fare Nyarlathotep nel finale della Dream-Quest.

XXII. Azathoth

Out in the mindless void the daemon bore me,
Past the bright clusters of dimensioned space,
Till neither time nor matter stretched before me,
But only Chaos, without form or place.
Here the vast Lord of All in darkness muttered
Things he had dreamed but could not understand,
While near him shapeless bat-things flopped and fluttered
In idiot vortices that ray-streams fanned.

They danced insanely to the high, thin whining
Of a cracked flute clutched in a monstrous paw,
Whence flow the aimless waves whose chance combining
Gives each frail cosmos its eternal law.
"I am His Messenger," the daemon said,
As in contempt he struck his Master's head.

22. Azathoth

Nel decerebrato vuoto il demone mi portò,
oltre i lucenti *cluster* dello spazio dimensionale,
finché né tempo né spazio mi avvolsero più:
solo il caos, il senza figura né posizione.
Là il gran Signore di Tutto biascicava al buio
ciò che aveva sognato sì ma non compreso
mentre, attorno, chirotteri deformi guizzavano
in vortici pazzi, sfiorati da radiazioni a fasci.

Danzavano scomposti allo stridulo gemere
d'un flauto stonato tra zampe orripilanti;
ne fluivano onde vaghe i cui casuali incontri
danno eterne leggi a ciascun fragile cosmo.
"Io sono l'Araldo di Lui" il demone disse,
colpendo al Maestro la testa in disprezzo.

Paesaggio giapponese

*Torna la visione di quella sorta di Eden orienta-
leggiante, abbinato alle campane che già avevano affascinato l'autore nel sonetto 19.*
In inglese al verso 2 compare l'espressione world floating, *che traduce esattamente il giappone-
se* ukiyo-e, *"mondo fluttuante", la delicata arte
dei paesaggi come sospesi nel sogno.*
*Gli ultimi due versetti assommano tutti i dubbi
del poeta: che luogo sia, lui non lo sa e non osa
chiederlo sebbene ne sia attratto, non capisce
bene perché abbia questa visione e neppure sa
dire se appartenga al passato o al futuro.*

XXIII. Mirage

I do not know if ever it existed—
That lost world floating dimly on Time's stream—
And yet I see it often, violet-misted,
And shimmering at the back of some vague dream.
There were strange towers and curious lapping rivers,
Labyrinths of wonder, and low vaults of light,
And bough-crossed skies of flame, like that which quivers
Wistfully just before a winter's night.

Great moors led off to sedgy shores unpeopled,
Where vast birds wheeled, while on a windswept hill
There was a village, ancient and white-steepled,
With evening chimes for which I listen still.
I do not know what land it is—or dare
Ask when or why I was, or will be, there.

23. Miraggio

Dire non so se mai sia esistito, quel
mondo perduto come spuma lungo il Tempo;
e però lo rivedo spesso, tra nebbie violette,
scintillante dietro qualche incerto sogno.
Là strane torri, insoliti sciabordanti fiumi,
stupefacenti labirinti, basse volte di luce
e, tra i rami, cieli rossi come quello che tremola
malinconico prima delle notti d'inverno.

Brughiere estese fino a spopolati canneti
tra svolii di uccelli, e sulla collina ventosa
un villaggio antico, col campanile candido
e me intento allo scampanio serale, sì, ancora.
Che ne so io di che terra sia, né mai oserei
chiedere quando e perché vi fossi – o sarò.

A Venezia non ci abiterei

Quasi la detestata New York, anche se trasfigu-rata in una specie di Venezia horror. Il fiume che porta con sé gli oscuri segreti di una civiltà pre-cedente ha un parallelo con quello che scorreva milioni di anni fa tra le Montagne della follia. È anche possibile che proprio le acque infette abbiano reso la città, un tempo bella, la fogna disabitata che è. Quasi un monito ecologista.

XXIV. The Canal

Somewhere in dream there is an evil place
Where tall, deserted buildings crowd along
A deep, black, narrow channel, reeking strong
Of frightful things whence oily currents race.
Lanes with old walls half meeting overhead
Wind off to streets one may or may not know,
And feeble moonlight sheds a spectral glow
Over long rows of windows, dark and dead.

There are no footfalls, and the one soft sound
Is of the oily water as it glides
Under stone bridges, and along the sides
Of its deep flume, to some vague ocean bound.
None lives to tell when that stream washed away
Its dream-lost region from the world of clay.

24. Il canale

In qualche angolo onirico c'è un luogo brutto
dove alti, deserti palazzi si affollano lungo
un nero, stretto, profondo canale che puzza
di cose orrende da cui scorrono onde oleose.
Viuzze con vecchie mura che quasi s'intersecano
portano a strade che puoi conoscere o no;
una fievole luna getta i suoi spettrali bagliori
su finestre in lunghe file, scure, defunte.

Non un passo: l'unico suono smorzato
è quello dell'acqua unta mentre scivola
sotto ponti di pietra, quello che accompagna
il canale verso qualche oceano indistinto.
Nessun superstite a narrare di quando il fiume
spazzò via dall'argilla il suo mondo incantato.

Scherza coi santi...

Continuando ad alternare diversi registri: malinconia e horror, paesaggi terrestri e scenari fantascientifici... dopo i toni cupi del sonetto precedente, un pizzico di humour. Questo Saint Toad *ha attualmente un certo successo in Rete. Il nome inglese fa il verso a* Saint Todd, *cioè san Taddeo, uno degli apostoli (*Vangelo di Matteo 3,18).
L'avvertimento da parte di un anziano malridotto e la fuga trafelata per i vicoli torneranno, in tono molto più serio, nel racconto The Shadow over Innsmouth. *Viceversa, in* The Haunter of the Dark *il protagonista andrà apposta a cercare la chiesa maledetta, ma dovrà faticare a trovarla.*

XXV. St. Toad's

"Beware St. Toad's cracked chimes!" I heard him scream
As I plunged into those mad lanes that wind
In labyrinths obscure and undefined
South of the river where old centuries dream.
He was a furtive figure, bent and ragged,
And in a flash had staggered out of sight,
So still I burrowed onward in the night
Toward where more roof-lines rose, malign and jagged.

No guide-book told of what was lurking here—
But now I heard another old man shriek:
"Beware St. Toad's cracked chimes!" And growing weak,
I paused, when a third greybeard croaked in fear:
"Beware St. Toad's cracked chimes!" Aghast, I fled—
Till suddenly that black spire loomed ahead.

25. San Rospo

"Attento alle campane fesse di San Rospo!"
strillò mentre io mi tuffavo nei folli vicoli
che rigirano in scuri, indefiniti labirinti
a sud del fiume su cui sognano i secoli.
Era un tipo furtivo, un mendicante curvo
che in un secondo scomparve di vista;
perciò proseguii dritto nella notte verso
file di tetti seghettati dall'aura maligna.

Su nessuna guida era detto là cosa covasse,
ma ecco un altro vecchio strillava: "Attento
alle campane di San Rospo!", e già stanco
feci pausa, e un terzo barbogio gracchiò spaurito:
"Attento a San Rospo!". Io fuggii con sgomento…
e di colpo, la guglia nera si ergeva lì davanti.

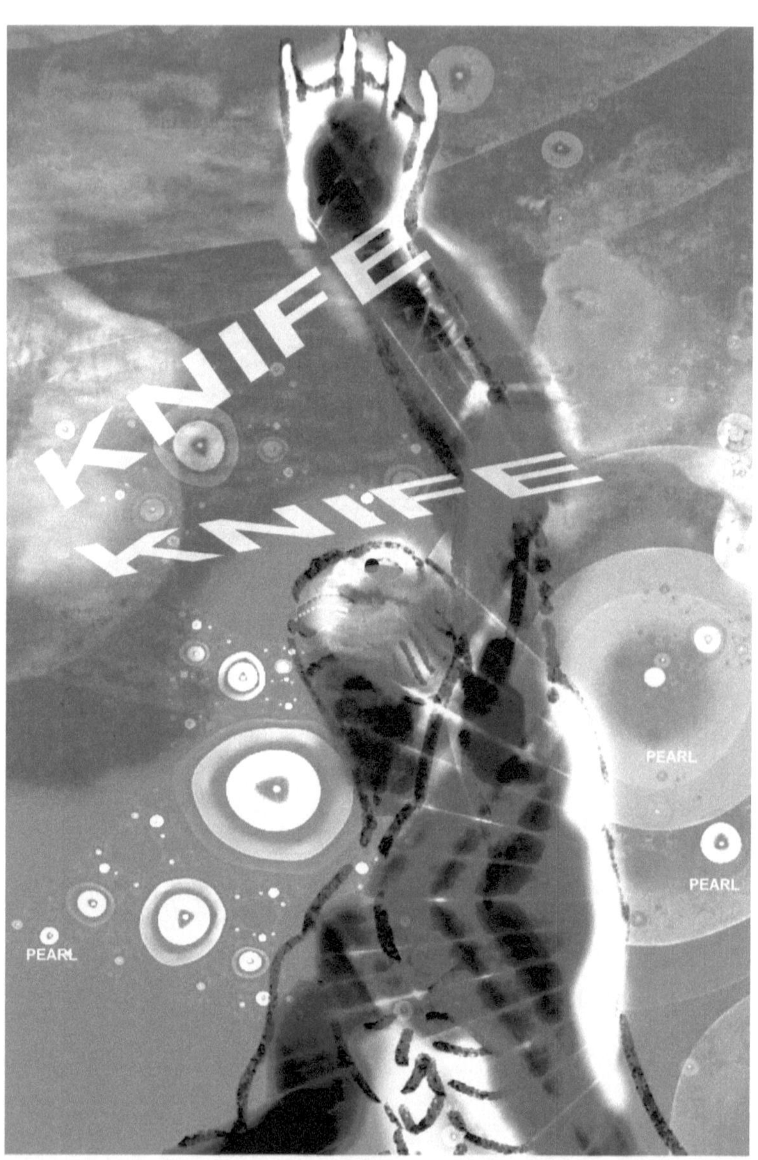

KNIFE
KNIFE
PEARL
PEARL
PEARL

Il prequel di *Dunwich*

Una vera chicca, il prequel di The Dunwich Horror*! John dovrebbe insomma essere lo stregone che nel racconto veniva sempre chiamato "il vecchio Whateley" senza indicare il nome. Un inizio puramente casuale dell'attività magica si trova anche nel racconto* Two Black Bottles. *Ora gli infermieri vengono a prendere Whateley per portarlo in manicomio, poi si spaventano e lasciano perdere, e da quel momento nessuno lo infastidirà più. Finché lui, ormai anziano padre di una ragazza albina e guardato con timore dagli abitanti di Dunwich, combinerà ben di peggio. I famigli, gli animali/spiriti servitori delle streghe, potrebbero essere due Night-Gaunt, il che creerebbe un gustoso incrocio tra miti lovecraftiani.*

XXVI. The Familiars

John Whateley lived about a mile from town,
Up where the hills began to huddle thick;
We never thought his wits were very quick,
Seeing the way he let his farm run down.
He used to waste his time on some queer books
He'd found around the attic of his place,
Till funny lines got creased into his face,
And folks all said they didn't like his looks.

When he began those night-howls we declared
He'd better be locked up away from harm,
So three men from the Aylesbury town farm
Went for him—but came back alone and scared.
They'd found him talking to two crouching things
That at their step flew off on great black wings.

26. I Famigli

John Whateley stava a un miglio dal borgo,
là dove le colline si assiepavano fitte;
noi non lo consideravamo troppo in sé,
visto come lasciò che il podere decadesse.
Il tempo lo sprecava su libracci bizzarri
che aveva trovato in solaio; e dài e dài,
la faccia gli corrugò in maniera stramba
e la gente preferiva restargli alla larga.

Quando si mise a guaire di notte, noi si disse
"meglio evitare che si faccia del male"
e da Aylesbury vennero a prenderlo in tre
– ma se ne tornarono spauriti e senza lui,
che videro parlare a due cosi accovacciati.
Decollarono, disturbati, su larghe ali nere.

Dietro quella maschera gialla

Altro sonetto direttamente collegato all'universo di Kadath, pur con varianti.
Non siamo neppure in un'altra dimensione o nel regno del sogno, bensì in qualche angolo remoto della Terra (il verso 13 in inglese indica per esteso: «durante la prima giovinezza umana»). Nella Dream-Quest *l'incappucciato è un'entità malvagia, qui più ambigua, anzi si tratta dell'ultimo superstite di una razza sovrumana. Il fatto che comunichi con il Caos lo assimila al demone del sonetto 22, tuttavia i soliti rulli tribali di tamburo qui sono accompagnati in maniera affascinante da un moderno segnale luminoso blu. Quasi Ground Zero prima della ricostruzione dei grattacieli.*

XXVII. The Elder Pharos

From Leng, where rocky peaks climb bleak and bare
Under cold stars obscure to human sight,
There shoots at dusk a single beam of light
Whose far blue rays make shepherds whine in prayer.
They say (though none has been there) that it comes
Out of a pharos in a tower of stone,
Where the last Elder One lives on alone,
Talking to Chaos with the beat of drums.

The Thing, they whisper, wears a silken mask
Of yellow, whose queer folds appear to hide
A face not of this earth, though none dares ask
Just what those features are, which bulge inside.
Many, in man's first youth, sought out that glow,
But what they found, no one will ever know.

27. L'antico faro

Da Leng, dove si innalzano squallidi picchi
sotto fredde stelle velate all'occhio dell'uomo,
si accende la sera un singolo raggio di luce
i cui riflessi blu fan superstiziosi i pastori.
Dicono – nessuno però ci va – che proviene
dal faro di un torrione di pietra in cui
abita solitario l'ultimo Antico rimasto,
comunicando a suon di tamburi col Caos.

L'essere – sussurrano – ha una maschera gialla
di seta, le cui insolite pieghe celerebbero
un volto non terrestre, seppure nessuno mai osi
interrogare su che lineamenti le riempiano.
All'alba della Storia in molti cercarono il faro,
ma cosa poi trovassero, nessuno mai saprà.

Due luoghi-simbolo

Un piccolo "manifesto" dell'estetica lovecraftiana, in cui si vede bene come i due luoghi-simbolo del nostro autore: i familiari paesaggi del New England e le bizzarre visioni cosmiche, siano in realtà la stessa cosa.

Stupendi gli ultimi due versi, in cui Lovecraft da un lato elenca oggetti ben precisi che gli danno ancora qualche piacere nella vita, e dall'altro rimane lui stesso di fronte a un mistero insondabile.

Le canzoni al verso 12 (cfr. sonetto 33) ricordano che non si tratta di una fuga nel paesaggismo per estraniarsi da tutto ciò che è umanità e amicizia.

XXVIII. Expectancy

I cannot tell why some things hold for me
A sense of unplumbed marvels to befall,
Or of a rift in the horizon's wall
Opening to worlds where only gods can be.
There is a breathless, vague expectancy,
As of vast ancient pomps I half recall,
Or wild adventures, uncorporeal,
Ecstasy-fraught, and as a day-dream free.

It is in sunsets and strange city spires,
Old villages and woods and misty downs,
South winds, the sea, low hills, and lighted towns,
Old gardens, half-heard songs, and the moon's fires.
But though its lure alone makes life worth living,
None gains or guesses what it hints at giving.

28. Senso di attesa

Non saprei dire perché certe cose conservino
per me sentore di meraviglie inesplorate,
o come una crepa nelle mura dell'orizzonte
aperta su mondi popolati soltanto di dèi.
Un vago senso mozzafiato di attesa, come
di glorie barocche che in parte rammento,
o pazze avventure in mondi incorporei,
piene d'estasi, libere come castelli in aria.

Avviene di fronte a tramonti, a strane guglie,
a vecchi villaggi e boschi e brumose alture,
lo scirocco, il mare, collinette, luci di città,
antichi giardini, canti orecchiati, luna e falò.
È questo l'incanto che rende degna la vita;
tuttavia, a che doni accenni, dato non è dire.

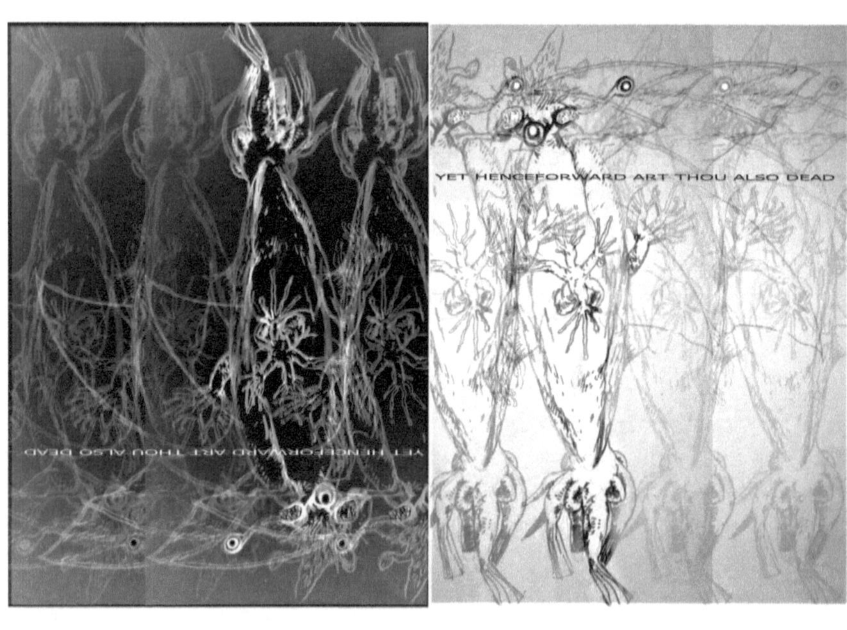

YET HENCEFORWARD ART THOU ALSO DEAD

Le più liete creature

Altro componimento delizioso.
Perché gli uccelli migrano attraversando i mari?
Perché vorrebbero tornare a rivedere Atlantide,
ma ormai è troppo tardi. Nella città sprofonda-
ta, oggi abbellita da ignote varietà di corallo o
entità (extraterrestri?) simili a polipi, le torri
provano a loro volta nostalgia per il canto de-
gli uccelli. Lovecraft ci aveva portato a visitare
Atlantide in sottomarino nel racconto giovanile
The Temple, *ambientato durante la Prima guer-*
ra mondiale.

XXIX. Nostalgia

Once every year, in autumn's wistful glow,
The birds fly out over an ocean waste,
Calling and chattering in a joyous haste
To reach some land their inner memories know.
Great terraced gardens where bright blossoms blow,
And lines of mangoes luscious to the taste,
And temple-groves with branches interlaced
Over cool paths—all these their vague dreams shew.

They search the sea for marks of their old shore—
For the tall city, white and turreted—
But only empty waters stretch ahead,
So that at last they turn away once more.
Yet sunken deep where alien polyps throng,
The old towers miss their lost, remembered song.

29. Nostalgia

Una volta l'anno, nell'assorto bagliore d'autunno,
gli stormi rivolano su per il vasto oceano
chiamandosi, ciarlando con fretta gioiosa,
diretti a terre di loro memoria profonda.
Vasti giardini pensili a fiori in tinte squillanti,
poi filari di manghi seducenti al palato,
sacri boschetti i cui rami si intrecciano sopra
ombrosi sentieri… questi i loro vaghi sogni.

Cercano sul mare i segni delle rive antiche
(la città svettante, bianca, cinta di torrette),
ma solo vuote acque si offrono allo sguardo,
cosicché alla fine, di nuovo, ritornano.
Eppure, nell'abisso popolato di polipi alieni,
alle vecchie torri manca quel canto che fu.

Piccolo mondo antico

Altro importante "manifesto", stavolta non tanto estetico quanto esistenziale. Si scopre che il motivo per cui Lovecraft si aggrappa tanto al passato è che – per lui – il presente è un puro fenomeno effimero, un guazzabuglio di mille cose frenetiche, incluse le fedi religiose.

Assolutamente insolito in Lovecraft il dettaglio del buon tempo antico, con il lievito conservato religiosamente da una stagione all'altra per fare il pane in casa. Sulla sua tomba, come noto, fece incidere: I AM PROVIDENCE, «io coincido con la città di Providence». Non senza una stoccata ironica, perché in inglese può anche significare «io sono la divina provvidenza», ed è così che lo interpreta Alan Moore nella saga a fumetti Providence *basata sui miti di Cthulhu.*

XXX. Background

I never can be tied to raw, new things,
For I first saw the light in an old town,
Where from my window huddled roofs sloped down
To a quaint harbour rich with visionings.
Streets with carved doorways where the sunset beams
Flooded old fanlights and small window-panes,
And Georgian steeples topped with gilded vanes—
These were the sights that shaped my childhood dreams.

Such treasures, left from times of cautious leaven,
Cannot but loose the hold of flimsier wraiths
That flit with shifting ways and muddled faiths
Across the changeless walls of earth and heaven.
They cut the moment's thongs and leave me free
To stand alone before eternity.

30. Background

Mai si sentirò attratto dall'ultimissimo grido,
io che vidi per prima la luce in città vecchia
e, dalla finestra, una calca di tetti digradava
sul pittoresco porto, sorgente di visioni.
Vie dagli ingressi scolpiti, cui il sole calante
accecava le vecchie lunette, i vetri ridotti;
pinnacoli di re Giorgio con dorate banderuole…
panorami che plasmarono i sogni d'infanzia.

Tesori lì dai tempi del lievito serbato con cura,
incapaci di aggrapparsi ai sottili fantasmi
che guizzano ora a caso, nel crogiolo di fedi,
sulle mura immutabili di terra e di cielo.
Tagliano loro le mie cinghie, lasciandomi libero
di stare dritto, solo, di fronte all'eterno.

R'lyeh o quasi

Ripresa della scena-clou in The Call of Cthulhu.
Qui in forma molto semplificata, senza descrizioni barocche, forse perché la poesia riporta in modo più fedele un sogno dell'autore. Ma c'è anche un pizzico di humour, dato che i visitatori non hanno bisogno di vedere chissà cosa per spaventarsi a morte.
Il fatto di concentrare l'attenzione sullo scalone e sull'effetto provocato dalle zampe del mostro ha un parallelo nel racconto Imprisoned with the Pharaohs. *Il sonetto, diversamente dal racconto, non sembra ambientato in mezzo all'oceano; forse in un deserto, come poi* The Shadow Out of Time.
Finale aperto, oppure c'è da immaginare una distruzione totale un attimo dopo il rumore dei passi.

XXXI. The Dweller

It had been old when Babylon was new;
None knows how long it slept beneath that mound,
Where in the end our questing shovels found
Its granite blocks and brought it back to view.
There were vast pavements and foundation-walls,
And crumbling slabs and statues, carved to shew
Fantastic beings of some long ago
Past anything the world of man recalls.

And then we saw those stone steps leading down
Through a choked gate of graven dolomite
To some black haven of eternal night
Where elder signs and primal secrets frown.
We cleared a path—but raced in mad retreat
When from below we heard those clumping feet.

31. L'inquilino

Era già antico quand'era nuova Babilonia;
nessuno sa per quanto dormì sotto il cumulo
di cui le nostre vanghe di scienziati scoprirono
i blocchi di granito, riportandolo in luce.
Vaste pavimentazioni, mura di fondazione,
lastre e statue in frantumi, scolpite a mostrare
esseri fantastici di chissà quali Ere,
più indietro di ogni memoria di uomo.

Notammo allora la scalea che discendeva
da un portale intasato di roccioni incisi
verso una nera tana di oscurità perenne,
minacciosa per segni e primordiali segreti.
Ci facemmo strada – e retrocedemmo gridando
quando da sotto ne udimmo i passi pesanti.

Ho visto cose che voi umani...

Tra i capolavori della raccolta, ripresenta in forma più radicale i contenuti del sonetto 30. A rigore non è neppure vero che l'autore non avesse mai viaggiato in vita sua, aveva raggiunto perfino la Florida e il Canada. Così come è da ricordare che credeva nell'amicizia e aveva amici ed estimatori, ma evidentemente il senso di solitudine ed estraneità era qualcosa di troppo radicato.
Il verso 9 riecheggia il finale di The Rime of the Ancient Mariner *di Coleridge, dove il protagonista si risveglia «più triste e più saggio».*

XXXII. Alienation

His solid flesh had never been away,
For each dawn found him in his usual place,
But every night his spirit loved to race
Through gulfs and worlds remote from common day.
He had seen Yaddith, yet retained his mind,
And come back safely from the Ghooric zone,
When one still night across curved space was thrown
That beckoning piping from the voids behind.

He waked that morning as an older man,
And nothing since has looked the same to him.
Objects around float nebulous and dim—
False, phantom trifles of some vaster plan.
His folk and friends are now an alien throng
To which he struggles vainly to belong.

32. Alienazione

La sua carne fisica mai era stata in viaggio,
ogni alba lo ritrovava là al posto consueto,
però di notte il suo spirito adorava scorrere
per abissi e mondi lontani dal piatto tran-tran.
Aveva visto Yaddith e conservato l'intelletto,
incolume era già tornato dalla Zona ghoorica
quando, una placida notte, nel curvo spazio
zufolò un richiamo da dietro i vuoti spazi.

Al mattino si ridestò che era più anziano,
da allora nulla appare a lui qual era prima.
Gli oggetti fluttuano attorno pallidi, eterei,
inconsistenti sprazzi di un piano più vasto.
I suoi, gli amici, sono masse di estranei
ai quali si sforza di appartenere, invano.

Ma come fanno i marinai?

Una piccola rivoluzione, un colpo di scena non solo dopo il sonetto precedente ma anche alla luce dell'intera produzione di Lovecraft. Se la gente del porto è praticamente sempre descritta come un meticciato degradato, dedito a loschi commerci con entità demoniache, qui la gioia fraterna per il canto corale di quegli uomini di tutte le etnie ricorda addirittura Moby Dick. *Con una ciliegina fantascientifica sulla torta.*

XXXIII. Harbour Whistles

Over old roofs and past decaying spires
The harbour whistles chant all through the night;
Throats from strange ports, and beaches far and white,
And fabulous oceans, ranged in motley choirs.
Each to the other alien and unknown,
Yet all, by some obscurely focussed force
From brooding gulfs beyond the Zodiac's course,
Fused into one mysterious cosmic drone.

Through shadowy dreams they send a marching line
Of still more shadowy shapes and hints and views;
Echoes from outer voids, and subtle clues
To things which they themselves cannot define.
And always in that chorus, faintly blent,
We catch some notes no earth-ship ever sent.

33. Fischi del porto

Superando vecchi tetti e guglie cadenti,
i fischi del porto cantilenano tutta notte
da gole da strane rive, da bianchi lontani lidi
e favolosi mari, accordate in perfetto coro.
Estranei, sconosciuti l'uno all'altro
e però – per una qualche forza irradiata
da abissi che meditano oltre lo Zodiaco –
fusi in un solo, misterioso, cosmico brusio.

Tra le ombre dei sogni inviano schiere in marcia
di forme e cenni e viste ancor più d'ombra:
echi dello spazio esterno, indizi sottili
di cose che non saprebbero loro stessi dire.
E sempre ha quel coro, quasi impercettibili,
note che nessuna nave terrestre inviò mai.

Bierce e Shakespeare

Fantascienza evocativa in stile Ambrose Bierce, autore da cui Lovecraft nei racconti riprese più volte scene e atmosfere.
Se il sonetto 30 seguiva la filosofia di Parmenide o Platone, adesso invece l'Iperuranio, il mondo superiore a cui appartenevamo prima di nascere in Terra, si trasforma in un luogo alternativo del cosmo, che all'improvviso chiama a tornare là. La definizione di umanità dream-transient, *«transeunte come il sogno», cita la celebre frase del Prospero shakespeariano: «Siamo fatti della stessa sostanza dei sogni».*

XXXIV. Recapture

The way led down a dark, half-wooded heath
Where moss-grey boulders humped above the mould,
And curious drops, disquieting and cold,
Sprayed up from unseen streams in gulfs beneath.
There was no wind, nor any trace of sound
In puzzling shrub, or alien-featured tree,
Nor any view before—till suddenly,
Straight in my path, I saw a monstrous mound.

Half to the sky those steep sides loomed upspread,
Rank-grassed, and cluttered by a crumbling flight
Of lava stairs that scaled the fear-topped height
In steps too vast for any human tread.
I shrieked—and knew what primal star and year
Had sucked me back from man's dream-transient sphere!

34. Riacciuffato

La via portava giù a una scura brughiera
semi-boscosa con massi erratici muscosi;
gocce deformate, inquietanti e gelide,
precipitavano da fonti invisibili in abissi.
Nessun vento né minima eco di suoni
tra arbusti inattesi, alberi di forme aliene,
e niente da vedere… ed ecco là di colpo,
dritto avanti, un cumulo mostruoso di terra.

Fianchi ripidi incombevano toccando il cielo
coperti da erbacce, da resti sgretolati di una rampa
di scalini di lava, su, su fino alla tremenda cima,
in dimensioni spropositate per piedi umani.
Gridai – e subito seppi che protostella ed evo
mi rapissero indietro dal sogno detto umanità.

Stregato da Venere

Variante della poesia precedente, in forma più dolce. Stavolta la «patria mia, sì bella e perduta» viene identificata con la stella Espero, cioè il pianeta Venere. Una Venere come nella fantascienza dell'epoca, poco tecnologica e molto fantasy.

XXXV. Evening Star

I saw it from that hidden, silent place
Where the old wood half shuts the meadow in.
It shone through all the sunset's glories—thin
At first, but with a slowly brightening face.
Night came, and that lone beacon, amber-hued,
Beat on my sight as never it did of old;
The evening star—but grown a thousandfold
More haunting in this hush and solitude.

It traced strange pictures on the quivering air—
Half-memories that had always filled my eyes—
Vast towers and gardens; curious seas and skies
Of some dim life—I never could tell where.
But now I knew that through the cosmic dome
Those rays were calling from my far, lost home.

35. La stella della sera

La rimirai dal luogo silenzioso, seminascosto
in cui la foresta antica quasi accerchia il prato.
Brillava tra gli splendori del tramonto, pallida
dapprima, poi con sempre più lucente volto.
Venne notte, e quel raggio solitario color ambra
mi si irradiò sulla rètina come mai prima;
stella della sera, sì, ma diventata mille volte
più ossessiva in quella solitaria quiete.

Creò disegni strani per l'aria tremolante
(mezze memorie da sempre nei miei occhi):
ampie torri e giardini, curiosi mari e cieli
d'una vita vaga, senza che mai capissi dove.
Ora però sapevo che dalla cupola del cosmo
i raggi invitavano alla lontana, perduta casa.

G. B. Marino: Adone

In sintesi

Sintesi finale, in un equilibrio perfetto tra scienza (l'autore amava l'astronomia fin da ragazzino e apprezzava Einstein), fantascienza, poesia descrittiva e sensazioni oniriche.
Fixt mass, «fisso solido» o «massa fissa», può alludere alla somma totale delle particelle, idea che risaliva almeno a Empedocle e che nell'Ottocento era stata rielaborata da Poe nel saggio scientifico e visionario Eureka.
Si nota in Lovecraft una forte tensione tra un universo al cui centro stanno il puro Caos e la follia, e un universo in cui tutto ruota attorno a un nucleo eterno: il gentleman *illuminista contro il creatore dei miti di Cthulhu. I due volti di Lovecraft, sempre compresenti.*

XXXVI. Continuity

There is in certain ancient things a trace
Of some dim essence—more than form or weight;
A tenuous aether, indeterminate,
Yet linked with all the laws of time and space.
A faint, veiled sign of continuities
That outward eyes can never quite descry;
Of locked dimensions harbouring years gone by,
And out of reach except for hidden keys.

It moves me most when slanting sunbeams glow
On old farm buildings set against a hill,
And paint with life the shapes which linger still
From centuries less a dream than this we know.
In that strange light I feel I am not far
From the fixt mass whose sides the ages are.

36. Continuità

C'è in certe antiche cose una traccia
di qualche vaga essenza – più che forma o peso:
un etere tenue, indeterminato
eppur legato alle leggi di spazio e tempo.
Un fievole, velato segno di continuità
a cui l'occhio esteriore rimarrà cieco;
di dimensioni chiuse in epoche remotissime
e non violabili se non con segrete chiavi.

Mi commuovono i raggi obliqui del tramonto
su vecchie fattorie su sfondo di colline,
che colorano di vita forme sussistenti
da Ere meno oniriche del nostro presente.
In quella luce strana, mi so meno lontano
da quel fisso solido che ha i secoli per lati.

INDICE

RISCONTRI

RIVISTA DI CULTURA E DI ATTUALITÀ

fondata da Mario Gabriele Giordano nel 1979

Quando la cultura è attualità
e l'attualità è cultura

Fondata nel 1979 da Mario Gabriele Giordano, "Riscontri", la Rivista che Mario Pomilio ebbe a definire "bella e severa", ha sempre conservato la sua fondamentale connotazione così originariamente definita nell'Editoriale programmatico: «la fede in una cultura che non sia strumento in rapporto a fini prestabiliti, ma coscienza critica della realtà; non filiazione di precostituite ideologie, ma matrice di fatti e di comportamenti anche etici e politici: che insomma proceda e operi nel vivo della comunità civile non per dogmi ma per *riscontri*».

Lontana dagli eccessi della specializzazione e al di fuori di ogni condizionamento che non consista nel rigore scientifico e nell'onestà intellettuale dei contributi, "Riscontri" mantiene da più di quarant'anni l'approccio globale al mondo della cultura e dell'attualità che l'ha resa celebre anche oltre i confini nazionali.

Scopri di più su

www.terebintoedizioni.it

Il Terebinto Edizioni è una casa editrice indipendente fondata ad Avellino nel 2011 dal desiderio di preservare e di dare nuovo slancio alla ricerca storica, con particolare attenzione alla storia meridionale.

Grazie ai molti lettori che hanno sostenuto fin da subito, in edicola e in libreria, la nuova iniziativa editoriale, il Terebinto ha sviluppato negli anni la sua attività aprendo il catalogo anche alla narrativa e alla poesia. A quest'ultima sono state dedicate diverse collane tra cui "Carmina Moderna" che ha fatto da volano per l'organizzazione dei concorsi nazionali "Riscontri Letterari" e "Riscontri Poetici".

Per scoprire di più su di noi

visita il sito www.terebintoedizioni.it
o scansiona il QrCode